兒童品格修養繪本

大腳趾國王

黃嘉莉◎文　彭韻嘉 周　蕊◎圖

商務印書館

大腳趾國王

編　　著：黃嘉莉

繪　　圖：彭韻嘉　周　蕊

責任編輯：鄒淑樺

封面設計：張　毅

出　　版：商務印書館 (香港) 有限公司

　　　　　香港筲箕灣耀興道 3 號東滙廣場 8 樓

　　　　　http://www.commercialpress.com.hk

發　　行：香港聯合書刊物流有限公司

　　　　　香港新界荃灣德士古道 220-248 號荃灣工業中心 16 樓

印　　刷：中華商務彩色印刷有限公司

　　　　　香港新界大埔汀麗路 36 號中華商務印刷大廈

版　　次：2024 年 3 月第 1 版第 3 次印刷

　　　　　© 2018 商務印書館 (香港) 有限公司

　　　　　ISBN 978 962 07 0518 2

　　　　　Printed in Hong Kong

大腳趾國王

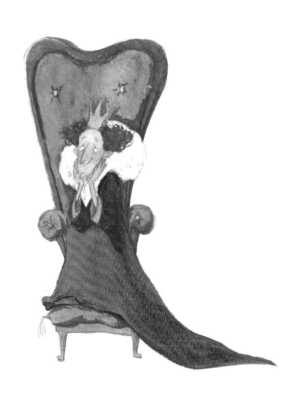

古老的童話總是這樣開始：從前，在那遙遠的國度，有一位……有一位……公主。公主？噢，不！不再提公主了，過了這麼多年，任誰也早膩了。

　　今天的故事是這樣開始：從前，在那遙遠的國度，有一位很出色的國王，最愛穿長而闊的袍子……

小朋友，請不要誤會，他不是那位因美

衣裳而受騙的國王！這袍子也不是為了遮掩

他肥胖的身軀，是為了……

4

這位國王身邊有班盡忠職守的大臣，有無數擁戴他的子民，有遼闊的疆土，有充盈的國庫，有彼此和諧共處的鄰邦。這國度多年來享受着太平的日子，老百姓臉上總堆着燦爛的笑容，但奇怪的是統治這羣愉快百姓的，卻是一個憂鬱的國王。

　　國王整天都是愁眉深鎖、鬱鬱寡歡……是！是一位憂鬱的國王。

在籌劃國防開支時，國王由寢宮踱步至議事廳；在計算國庫盈餘時，國王由宴會廳踱步至會客室；在解決民生議題時，國王會在皇宮的東翼走至西翼，或由南面踱步至北面——反正，國王就是不會走出皇宮半步。

為甚麼國王要做躲在宮門後的統治者？全國竟沒有一人發現這情況，因此也沒有一人提出這疑問。

小朋友，如果你心中真有這疑問，那麼，你比他們任何一位也更清醒。

如果你真要問，國王的故事就要從他誕生為小王子那天說起。那就讓我給你揭開解說的布幔：

別的孩子出生時，或有一雙烏溜溜的眼睛；或有一頭濃密的頭髮；一張大大的嘴巴；一個胖胖的身軀……

但這位小王子出生時，卻有大大的，
比其他嬰孩更大、更巨的腳趾。剛生產的皇
后，看着裹在襁褓中的小王子被抱過來時，
還未見到他的面容，但卻見到他的大腳趾在
舞動。

當小王子還在襁褓時，一切還安好。但
小王子終會長大，當開始學走路了，穿鞋子
的日子也開始了。

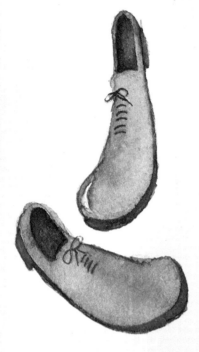

由於小王子有比別人更大、更巨的腳趾，因此他要穿比別人更巨、更大的球鞋、上學鞋、涼鞋、靴子⋯⋯

走在路上，別人的目光不在小王子頭上的冠冕；不在小王子臉上的酒窩；不在小王

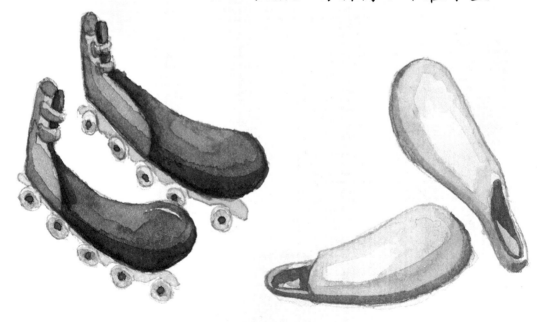

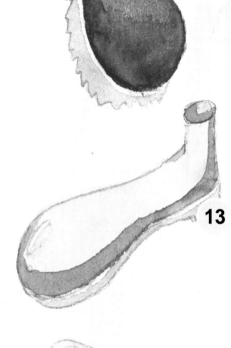

13

子身上的新衣……卻全
在小王子的腳上。在別
人驚訝的目光下，小王
子的笑容一天比一天減
少了。

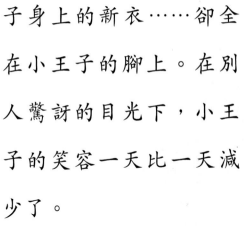

運動會上，小王子穿上一雙大大的球鞋，走不動，連累同學在接力賽中丟失獎牌。

　　大家不敢說半句話，但緊皺的雙眉說着聾子也聽得出來的抱怨。

在學校旅行日，小王子穿上重重的登山鞋，走不動，別人都到了山頂，他還在半路上。全部人興致勃勃的向前走，落下孤零零的小王子。

即使是平常上學的日子，只要下課鈴聲一響，小孩子全衝到草地、衝到小賣部、衝到圖書館⋯⋯而小王子穿上笨笨的上學鞋，走不動，只好獨個兒留在課室裏。

年歲逝去了。王子當上了國王，但有些事實卻沒有逝去，王子只能在宮中安安份份的做一個「大腳趾國王」。這國王愛民如子，也得到大臣們的擁戴，但他偏不會周遊列國、不會出巡民間、不作外交訪問，簡單來說，他不會走出皇宮半步。

　　這位勤奮的「大腳趾國王」每天早朝，也會和大臣共謀國事。

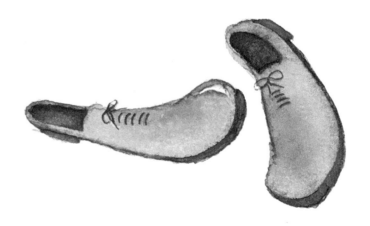

今天，沒有例外，早朝時，國王高高的坐在王位上，依舊愁着臉、下垂着嘴角、皺着眉在聽大臣們的報告。今天，卻又有點特別，財政大臣比平日更容光煥發，笑容也比平日更燦爛。

　　「安德魯，你看來有點不同呢！」國王終於開腔了。

　　財政大臣立刻接着說：「是呀！是呀！稟告皇上，我剛度假回來，精神也飽滿了。

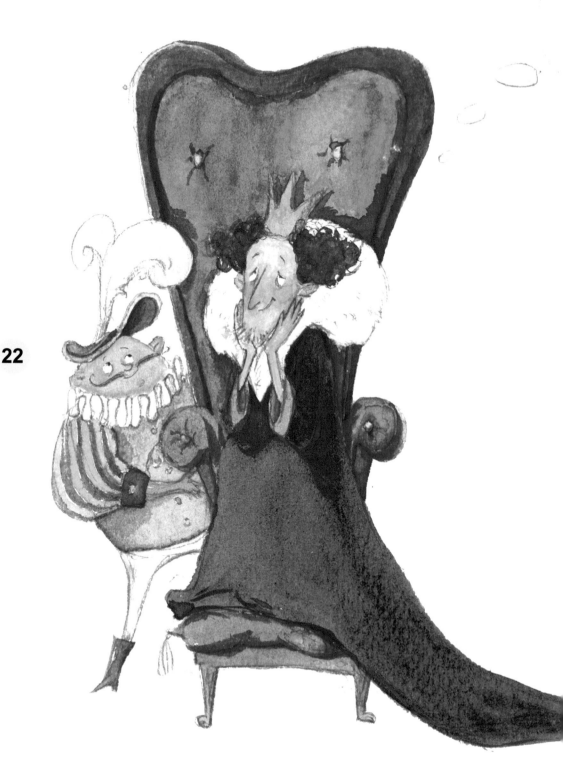

我和孩子在那牛耳代妻島上游泳、滑浪、駕
快艇……你看看我的健康膚色……」說罷，
幾乎想把衣袖捲起。

國王抬起雙眼，彷彿看到無際的汪洋、
聽到拍岸的浪濤、感受到輕拂的春風……聽
着！聽着！國王的嘴角出現了一絲的笑容。

早朝後，議事廳上只有幾位大臣。

「你們看，國王笑了！」像在沙漠發現了新的綠洲。

「國王上一次笑是在甚麼時候？」

「陳年舊事，誰還記得！」那是千真萬確。

「安德魯，你的牛耳代妻島真棒，竟令國王笑了。」

「依我看，國王實在要找機會出外走走。」

「他才不會答應呢。」

「各位老兄，下星期不就是國王的生日嗎？」

「是呀！是呀！我有個主意，我們為國王舉行一個『沙灘生日派對』，讓國王有機會出外走走。」

眾人齊答：「一言為定！」

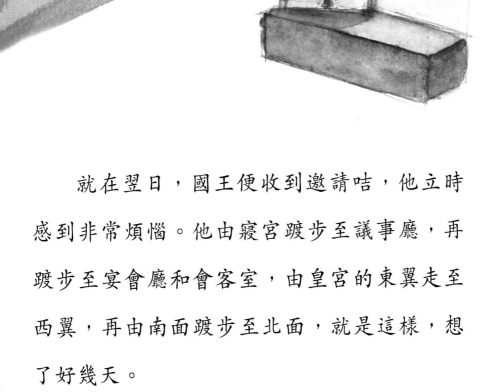

就在翌日，國王便收到邀請咭，他立時
感到非常煩惱。他由寢宮踱步至議事廳，再
踱步至宴會廳和會客室，由皇宮的東翼走至
西翼，再由南面踱步至北面，就是這樣，想
了好幾天。

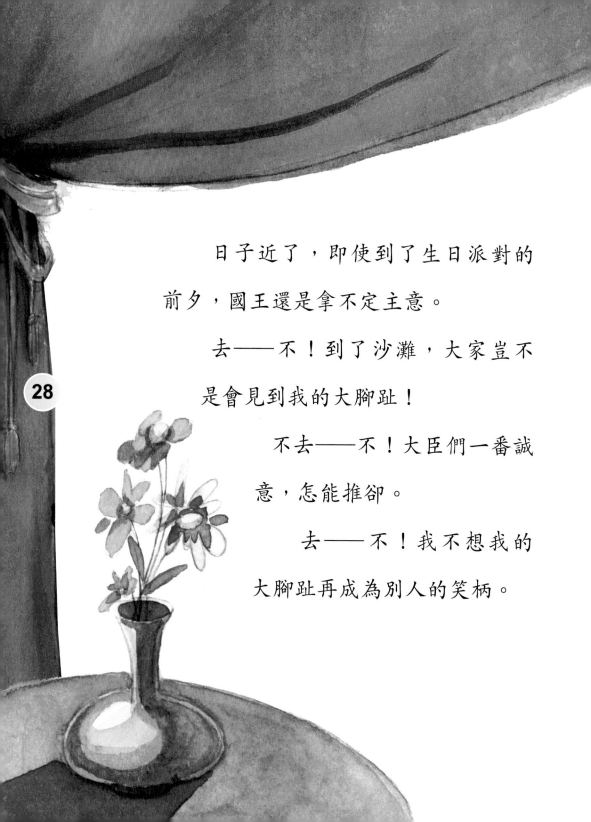

日子近了，即使到了生日派對的前夕，國王還是拿不定主意。

去——不！到了沙灘，大家豈不是會見到我的大腳趾！

不去——不！大臣們一番誠意，怎能推卻。

去——不！我不想我的大腳趾再成為別人的笑柄。

不去——不！我已有很多年沒有離開皇宮了，是時候出外走走……

去——不！……

左思右想，天終於亮了。

沙灘上，和煦的陽光和春風作伴，浪濤洗刷着岩石。大家早已到齊，有人攀高趴低在佈置，有人捧着食物進進出出，有人把剛收到的禮物堆放着；燒烤爐已生了火，生日蛋糕也運來了。這裏有談話聲、

歡笑聲，有開懷的暢談，有碰杯的鏗鏘。

你看，財政大臣準備充當司儀，手中早已

拿着講稿，將軍帶同他的兩個長得幾乎一

模一樣的兒子——阿濃和阿

淡，國務卿的背後就是他那

害羞的女兒……

「你猜，國王會來嗎？」孩子們好奇。

這時候，一名孩子指着不遠處，大喊：

「國王來了！國王來了！」

國王赤裸着上身，穿上了那條早已過時

的泳褲，腳上……當然是赤着腳的了。國王

腼腼腆腆的走着，
用探討的眼神打量
四周。出乎意料，
國王的出現竟
沒有引起很大
的哄動，原來在沙灘上，在太陽下，在歡笑

中，人人也是平等的。

33

國王原本怦怦跳的心終於慢下來了，侍應也繼續把食物端上……

國王端詳了好一會，又遲疑了好一會，才走上前開口：「國務卿先生，怎麼……怎麼你的背是駝的呢？」

「哈哈！國王你忘了嗎？我初上任後，要替你到烏卒卒國外訪，不就是那次遇上了車禍，重重的摔了一次。不必介懷，穿上衣服誰也不會察覺。」說罷，聳聳肩，又是一陣的笑聲。國王也勉強地笑了。

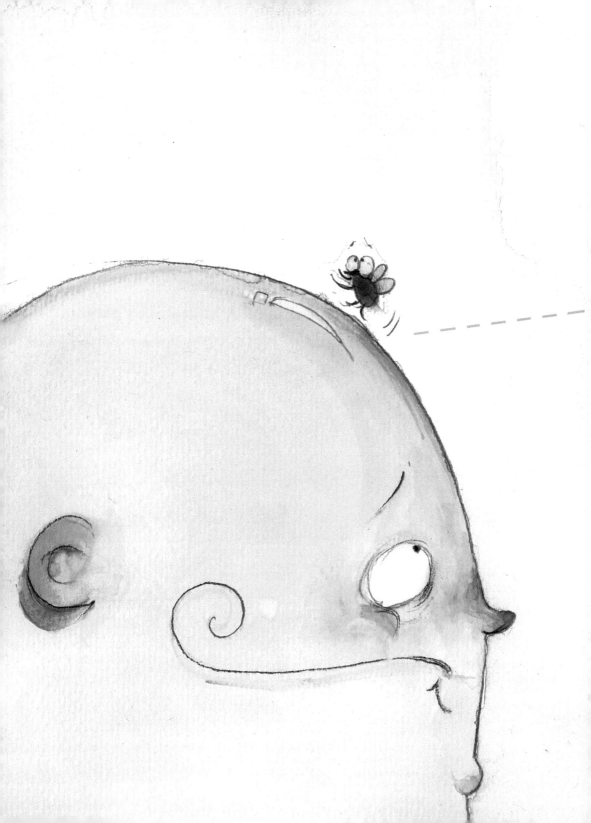

過了一會兒，國王又
走到財政大臣身旁，開口說：
「財神爺，怎麼……怎麼你的頭
全禿了的呢？」

　　「哈哈！國王你忘了嗎？我的
父親當財政大臣時，不也是這樣子嗎？每次
想辦法替國庫省下一百萬塊錢，我便會掉十
根頭髮，久而久之，頭也禿了。我的母親還
說，這是我們家族愛國的表現。不必介意，
戴上帽子誰也不會察覺。」說罷，聳聳肩，
又是一陣的笑聲，國王立時報以一個微笑。

38

就在派對快要開始時，國王走到將軍身旁，開口說：「霍格，怎麼……怎麼你身上這道疤痕……」說罷，便伸手想撫平那道小蛇般的疤痕。

「哈哈！國王，為了國家，我的命也幾乎掉了，一道小小疤痕算得上甚麼！」國王哭了，但他——也笑了！

樂隊奏樂了，派對開始了，大臣全
湧上前。這時，才第一次看到國王的腳
趾，大家正想問「國王，怎麼……怎麼你
的……」

　　國王趕緊說：「哈哈！大家覺得奇怪嗎？我倒不介懷，沒有大腳趾，我又怎能當首屈一『趾』的國王呢！」

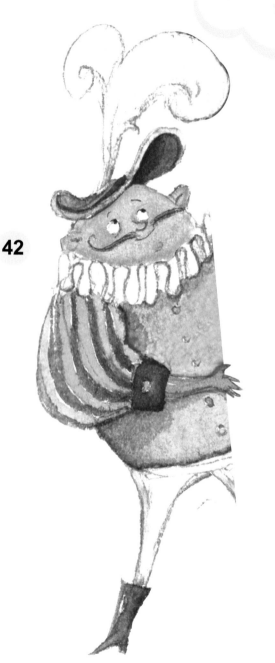

42

小朋友，假如你是財政大臣安德魯。你正準備用你那三寸不爛之舌去說服國王離開皇宮，出外走走。

我的
得分

在下表點列能說服國王的話語重點
（你可利用右列的提示）。

1.

2.

有益身心

增廣見聞

3.

結識新朋友

4.

？

為了令你的游說更易成功，你要先練習一下。找一位
「好幫手」（爸爸、媽媽、同學都可以），利用一分
鐘把你準備好的講稿試講一次，再由他評分。

作者的話

　　我的腦袋裏不時會出現一個畫面：在濃蔭深深的老榕樹下，我搖着扇，一羣孩子繞膝，全睜着期待的眼珠兒。在夕陽下、晚風中，我説着一個又一個的故事。

　　其實，愛聽故事不是孩子的專利，成年人也不例外。説到情深義重，哪個故事人物會出現在你眼前？是金庸的神鵰大俠？還是狄更斯的席尼‧卡頓（《雙城記》）？又或者是奧亨利的貝曼伯伯（《最後一葉》）？那些我們曾聽過的故事縱然遙遠，但一點也不渺茫——人物和故事都是虛構的——但情是真的，當中的義也是真的。

　　讓孩子被故事簇擁是一種幸福，我希望所有孩子都能在幸福的擁抱下成長。

　　一次偶然，我寫下了三個小故事《大腳趾國王》、《阿濃和阿淡》、《晴天娃娃‧雨天寶寶》。我沒有創作、出版的經驗，除懷有戰戰兢兢的心情外，也不敢抱存很大的奢望。後來幸得毛永波先生的垂青，

鄒淑樺小姐的策劃，何清華小姐的幫忙，我出版小故事的心願終於達成了，謹在此謝過三位的隆情。

如果你身邊的孩子畏縮不前，告訴他大腳趾國王貴為一國之君，也有不可告人的擔憂，也可告訴他踏前一步，或可把煩惱解決——沙灘上、太陽下，誰沒有一丁點的「不完美」？

你家中也曾爆發「濃淡之役」嗎？阿濃和阿淡經歷了種種「激烈碰撞」，才明白「手」和「足」根本是兩回事，倒不如換換角度，找出兄弟(或姐妹)間的「相同」，使大家也能在生活中沁出情誼。

讓經歷傷痛的孩子站起來，本來就沒有靈藥，我們只能牽着他們的小手，承諾陪他們去找生命中的彩虹，當然，還要蹲下身子，用肯定的語氣告訴孩子：「你就是晴天寶寶。」

盼望一個又一個的故事伴着我們的孩子去度過甜美的童年。

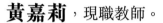

黃嘉莉，現職教師。

平日教室裏，我由托爾斯泰的《人需要多少土地》說到中國的歷史故事《趙氏孤兒》，孩子們愛聽，也沉醉；我愛說，也沉醉，並深信這些故事能鑄造孩子的人格和情操。

後來一次偶然機會，我動了構思小故事的念頭——

由說故事踏前一步去寫故事，盼望這些小故事能贏得讀者的欣賞。